Der schwanger Pawer

Hans Sachs

Ein faßnacht-spil mit fünff personen

Die personen in das spiel.

Merten,

Hans,

Urban, , drey pawren.

Kargas, der karg pawr.

Simon, der artzt.

Anno salutis 1544 jar, am 25 tag Novembris.

MERTEN, DER BAWER *geht ein und spricht.*

Ein guten abent, ir erbarn leut!

Ich bin herein beschieden heut.

Ich solt mein nachtpawrn suchen hinnen,

Wiewol ich ir noch kein thu finnen,

Ein guten mut hinn anzuschlagen.

Unser häffelein wolt wir zsam tragen

Und halten auch ein guten mut,

Wie man denn ytz zu faßnacht thut.

Botz, hie kommen eben die zwen,

Den ich zu lieb herein was gehn.

Die zwen pawren gehen einn.

HANS *spricht zum Merten.*

Schaw, Merten! was ist dein beger?

MERTEN, DER PAWER *spricht.*

Du hast mich heut beschieden her.

Wir wolten hierinnen anschlagen

Unser häffelein zsammen tragen.

Wolt ich darvon mit euch ytzt reden,

Wenns euch gelegen wer alln peden,

So wolt wirs thun auff morgen znacht.

URBAN *spricht.*

Ihr nachtpawrn, ich hab eins bedacht.

Dem nachtpawr Kargas ist zugstorben

Ein grosses erb und hat erworben

Drey hundert gülden also bar,

Der etwan unser gsel auch war.

Thet uns derselb ein vorteil geben,

So möcht wir dest frölicher leben.

Wie rieth ir, wenn wirn zu uns lüden?

HANS, DER PAWR *spricht.*

Ey, schweig! was wolten wir des Jüden?

Er thut sein gelt so gnaw einschliessen,

Das sein gar niemandt kan geniessen.

Er ist viel herter, wann ein stein.

URBAN, DER PAWER *spricht.*

Ey, Hans, bey meinen trewen, nein!

Thu in dennoch so hart nicht schmehen!

Ich hab ihn offt wol milt gesehen,

Wenn er den zitter-pfenning vertrunck.

Sonst sitzt er gleich wol wie ein unck.

Vielleicht ists also sein natur.

MERTEN *spricht.*

Het wir den seinen vorteil nur,

Ob er gleich nimmer frölich würt

Und ob in gleich saht Urban rürt!

Was fragten wir denn nach dem tölpen?

Schaw! dort thut er gleich einher stölpen.

Sol ich in denn darumb anreden?

HANS, DER PAWER *spricht.*

Du hast die macht gut von uns beden.

KARGAS, DER PAWER *geht ein und spricht.*

Seyt gegrüst, ir lieben nachtpawren!

Auff wen thut ir all drey hie lawren?

Was halt ir für ein engen raht?

MERTON, DER BAWER *spricht.*

Hör zu! ein nachtpawrschafft die hat

An dich Kargas ein grosse pitt.

Hoff, du wersts uns abschlagen nit.

KARGAS, DER PAWER.

Was ist die bitt? das zeig mir an!

Dunckt mich es gut, so wil ichs thon.

MERTEN, DER PAWER.

Du weist: dein mum die ist gestorben.

Du hast ein groß erbgut erworben.

Da beger wir von dir ein stewr

Uns nachtbawrn dise faßnacht hewr,

Auff das wir auch geniessen dein

Und mit einander frölich sein,

Deins glücks auch frewen uns mit dir.

KARGAS *spricht.*

Ihr dürfft euch frewen nichts mit mir,

Weyl mir Gott geben hat das glück.

Ich denck noch wol an ewer tück,

Da ich war elend mit den armen.

Thet ewer keinr sich mein erbarmen,

Der mir nur hett ein suppen geben.

Ihr liest mich gar hartselig leben.

So bald ich nimmer pfenning het,

Auß ewer gsellschafft ir mich thet.

O wie thet mir das hertz erkalten!

Deß wil ich yetzt das mein behalten.

Mit schaden bin ich worden witzig.

URBAN, DER PAWER *spricht.*

Ey lieber, sey nicht so gar spitzig!

Veracht nicht gar all gut geselln

Und thu dich nicht so ewdrisch stelln!

Einr möcht des andern dörffen noch.

Schenck ein par gülden uns ins gloch,

Im besten dein darbey gedencken!

KARGAS, DER KARG PAWR.

Ich wolt euch, nicht ein haller schencken.

Ihr seyt gut gselln und böß kindsveter.

Im wirthshauß fint man euch vil speter.

Ewr freuntschafft ist schlemmen und temen.

Ihr thet es Gott von füssen nemen.

Ich wil mein gelt wol baß anlegen,

Das ich gut güld einnem dargegen.

Ich gib euch nicht ein kü-miltz.

HANS, DER PAWR *spricht.*

Kargas, du bist ein lauter filtz,

Ein gantz geytziger nagenranfft.

Dieweil du nicht wilt leben sanfft,

So thu an deinen klawen saugen

Und geh uns nur bald auß den augen

Und las uns nachtpawrn lebn im sauß!

KARGES *geht ab und spricht.*

Ade! so geh ich heim zu hauß.

HANS, DER PAWER *spricht.*

Ich sagt euch vor, es wer umb sunst.

Wir müssen brauchn ein andre kunst

Ich rieth, das wir drey alle sander

Morgen frü kemen nach einander,

Bald er daheim außgangen wer.

Yder ihn fragt sam ongefer,

Wie er so bleich und tödtlich sech,

Un fragt in denn, was im gebrech.

So wolt wir in wider sein danck

All drey wol reden schwach und kranck.

Ließ er den seinen harm sehen,

So wolt wirs mit dem artzt andrehen,

Das er kem auß der stadt und sagt,

Wie ihn ein schwere kranckheyt plagt,

Das er zu solcher artzeney

Must habn ein gülden oder drey.

Dasselbig gelt wolt wir denn nemen,

All drey sampt unsrem artzt verschlemen.

So must wir mit eim schalck ihm decken,

Sein zehes gelt im ab zu schrecken.

Also muß wir den katzen strelen.

URBAN, DER PAWR.

Mich dunckt, der rath könn ye nicht felen.

Schaw! dort geht gleich der Karges rauß,

Ytz eben gleich auß seinem hauß.

Ich wil die sach gleich fahen an.

Thut ir zwen hinder den stadel stan!

Kargas geht daher.

URBAN *geht in entgegen und spricht.*

Ein guten morgn geb dir Gott dar!

KARGAS *spricht.*

Danck dir. Gott geh dir ein gut jar!

Ey, wie sichstu mich also an?

URBAN *spricht.*

O du bist nicht der gestrig man,

Mein Kargas! wie bistu erblichen?

Dein farb die ist dir gar entwichen.

Ich glaub, dich hab angstossn ein fieber.

KARGES.

Bin ich so bleich? ey lieber, lieber,

Mich dunckt gleich wol, mir sey nicht recht,

Hab ich ye nechten nichsen zecht.

URBAN, DER PAWER *spricht.*

Ey lieber, schaw! halt zu dir selb!

Du bist sehr wissel-farb und gelb.

KARGAS *geht, redt mit im sebs.*

Was kranckheit muß ich mich besorgen?

MERTEN, DER ANDER PAWER *kompt und spricht.*

Gott geb dir einen guten morgen!

O Kargas, sag! was felt dir hie?

So krencklich sah ich dich vor nie.

Du sichst, sam seystu halber todt.

KARGAS *spricht.*

Ach wee, wann kommet mir die not?

Urban hat mir auch erst erzelt,

Wie ich mich hab so gar entstelt.

Nun ist mir ye so gar nicht whe.

MERTEN *spricht.*

Mein Kargas, du mich recht versthe!

Dein whetag ist so groß da innen,

Das du sein selbs nicht thust entpfinnen.

Darumb pfleg eines artztes rath!

HANS, DER PAWR *kompt und spricht.*

Ein guten tag! wann her so spat?

Schaw, mein Kargas! wie sichst so schmal?

Du bist entstellet uberal,

Gefarbt wie all verdorben rosen.

Was kranckheit hat dich angestosen

So gehling? wie, das du gehst auß?

O lieber, mach dich bald zu hauß,

Eh das du thust ernieder sincken!

O wie thut dir dein atem stincken!

Ey lieber, eyl und ker heimwertz!

KARGAS *greifft an die brust und spricht.*

Es druckt mich etwas umb mein hertz.

O wee mir meines hertzen-leid!

O fürt mich heim zu hauß all beid!

Mich dunckt, ich wöl noch schwecher wern.

HANS *nimbt in und spricht.*

Kom her! kom her! von hertzen gern.

Sie füren und setzen in auff ein sessel nieder.

URBAN *der kompt und spricht.*

Schaw! das hab ich mir vor wol dacht,

Uberhandt nemen würd mit macht

Dein kranckheit. Deckt in zu gar warm

Und last in fahen einen harm!

So wil ich nein zum artzet lauffen.

Urban, der pawer, geht ab. So spricht der kranck.

O weicht! last mich ein weng verschnauffen?

Wie zittern mir mein füß und hend!

Es reist mich hinden umb die lend.

Ich glaub, es sey der lendstein.

Mein weh im bauch ist auch nicht klein.

Es ist noch war, wie jener schreib,

Das reichthumb und gesunder leib

Gar nicht mögen sein bey einander.

O wie selig seyt ir beid sander!

Habt ir kein gelt, seyt ir doch gsund.

Ytzt kompt der artzeney ein grund.

SIMON, DER ARTZT *kompt und spricht.*

Ein guten tag geb Gott euch allen!

Was unglücks ist dir zugefallen,

O du tödtlich krancker Kargas?

DER KRANCK *spricht.*

Herr doctor, vor meim hauß ich was.

Ich weiß nicht, was mich hat berürt.

Hettn mich die zwen nicht rein gefürt,

So wer ich vor dem hauß verdorben,

Vergangen und gehling gestorben.

Mir ist vor grosser angst gleich warm.

Secht! hie ist mein gefangner harm.

Daran erlernet mein kranckheit

Und helfft mir! es ist grosse zeyt.

DER ARTZT *beschawet den prunnen und spricht.*

O Kargas, du mein guter freundt,

Dein prunn gar wunderbar erscheint.

Ich muß dem pulß auch greiffen dir,

Was der für kranckheit zeiget mir.

DER ARTZT *begreifft den pulß und spricht.*

O Kargas, dein puls zeiget an

Ein kranckheit, die vor het kein man.

Die darff ich dir nicht wol anzeigen.

DER KRANCK *spricht.*

O mein herr, thut mir nichts verschweigen,

Es sey für kranckheit, was es wöll!

DER ARTZT *spricht.*

Wenn ich die warheit sagen söll,

So gehstu schwanger mit eim kind.

DER KRANCK *schlecht seine hend ob dem kopff zusam und spricht.*

Ach wee, nur wee, potz lauß, potz grind!

O ich der unglückhafftigst man,

Der ich mit einem kind thu gan!

An dem ist nur schuldig mein weib.

Darumb so wil ich iren leib,

Kom ich vom kind, so rein zerplewen,

Das sie ir leben sol gerewen.

Ach, wie sol ich das kind geperen?

Ich wird on zweiffel sterben wern.

Ich muß mich vor alln männern schemen.

Wo sol ich nur ein gfattern nemen?

Es wirdt sein keiner geren than.

Ich werd der hartseligest man.

Mich duncket schon, mir gschwell der leyb.

Ich bin schon ein großbauchet weib.

Wo sol ich nemen ein kelnerin,

Weil sie also vertrogen sin,

Wie alle weiber von in zeugen?

Ach wie sol ich mein kind denn seugen?

So hab ich ye darzu kein brüst.

Ein seugammen ich haben müst.

Da ists auch wol der jarritt.

Niemand kan sich vertragen mit.

Ach meines leids, ach meiner not!

Nützer wer mir, das ich leg todt.

Wie steck ich hertzen-leids so vol!

DER ARTZT *spricht.*

Ach mein Kargas, gehab dich wol!

Ich trug dir all mal sonder gunst.

Zu hülff ich nemen wil mein kunst

Und wil des kinds abhelffen dir

On als gepern; vertraw doch mir,

Das du darzu seyst nimmer kranck!

Ich wil dir machen ein getranck.

Darmit so wil ich dich wol laben.

Darzu müß wir gut reinfal haben

Und ander köstlich specerey,

Darzu feister capaunen drey.

Daran must etlich unkost wenden.

DER KRANCK KARGAS *spricht.*

Kunstreicher artzt, thut das vollenden!

Nembt dise fünff gülden zun euch!

Habt an dem anßgeben kein scheuch!

Wolt ir, so nembt ein grössre summ,

Auff das ich nur des kinds abkum!

O erst wil ich den frawen glauben.

Das kind thut mich allr freud berauben.

Mir war mein lebtag nie so we.

War ist es, was ich höret ee,

Gsundheit der edelst reichthumb wer.

Des auch von hertzen ich beger,

Weil ich sein ytzt beraubet bin.

DER ARTZT *geht von im und spricht.*

Nun rhu ein weyl! ich geh dahin

Und wil das tranck dir zu-bereitten.

MERTEN *spricht.*

Mein herr, ich wil euch heim beleitten.

DER ARTZT *gibt Merten das geldt.*

Se, Merten! nimb das gelt allein!

Geh an den marck und kauff uns ein

Drey capaunen, gemest und feist,

Vögel und fisch und was du weist

Zimlich zu einer gasterey,

Das ich und darzu ir all drey

Morgen zu nacht in meinem hauß

Wollen wol leben in dem sauß!

Da wöll wir malmasier zugiessen,

Das wir des kranckn auch geniessen.

Het wir im nicht gemacht den bossen,

So hett sein keiner nicht genossen.

Geh! bring dem krancken an der stet,

Das er trinck dises gut claret!

Ich wil an der stet nachhin kommen

Und gar gesund machen den dommen.

MERTEN *der bringt im den tranck.*

Glück zu! hie pring ich dir den trunck.

Den trinck gar auß! sein ist genunck.

Der artzt bald kommen wirdt zu dir.

Verhoff auch, es werd besser schier.

DER KRANCK *trinckt und spricht.*

Mich dunckt, der trunck hab mich beweget,

Mein grimmen haben sich geleget.

Es ist mir warlich haß, dann vor.

Da kompt zu mir mein herr doctor.

DER ARTZT *kompt, greifft in den pulß und spricht.*

Mein Kargas, sag! wie steht dein sach?

Mich dunckt, du seyst nit mehr so schwach.

Dein puls schlecht recht zu diser stund.

Du bist warhafft frisch und gesund.

Sthe auff! geh nun hin, wo du wilt!

Dein kranckheit die ist dir gestillt.

Das kind ist hin sampt allem we.

Keins kinds wirst schwanger nimmer me.

DER KRANCK *steht auff, beut dem artzt die hand und spricht.*

Herr doctor, euch sey lob und preiß!

Ewers gleichen ich im land nicht weiß.

Doch wil ich zalen euch zu danck

Ewr köstlich, edel, heilsam tranck,

Das mich so schnell machet gesund.

Des bin ich leicht, frisch, frey und rund,

Als ob ich kein kind nie het tragen,

Gleich wie ich war vor dreyen tagen.

Nun wil ich gehn ewr lob außschreyen

Mit ewern köstling artzeneyen.

Bewar euch Gott! an dieser stet

Geh ich auß meinem kindelbeth.

Er beut den nachtpawrn die hend nach einander und spricht.

Ir lieben nachtpawrn, habet danck,

Das ir bey-stund, weil ich war kranck!

Ich danck euch nachtbarlicher trew.

Biß montag werd ich stechen sew,

So müst ir meiner würscht essen.

Ewr trew kan ich euch nicht vergessen.

DER ARTZT *beschleußt.*

Ir herrn, nembt hie von uns zu danck

Das faßnacht-spiel in einem schwanck!

Darauß vernembt drey kurtzer lehr!

Die erst, welch mann zu karg ist sehr,

Das seins guts niemandt niessen kan,

Demselben wirdt feind yederman.

Wer in kan vorteiln und betriegen,

Meint, er thus an eim heydn erkriegen,

Und yederman spricht, im gschech recht,

Und wirt durch sein kargheit verschmecht.

Zum andern, wer das sein verschwendt,

Schlemmens und prassens ist gewent.

Derselb mit armut wirdt beladen

Und hat das gspött denn zu dem schaden.

Wenn er denn sein gselln an thut gelffen,

So können sie in selb nicht helffen.

Zum dritten sicht man das zu lest:

Der mittel weg noch ist der best.

Nicht gar zu milt, auch nicht zu karg!

Wann zu viel ist uberal arg;

Sonder das man im mittel leb

Zu notturfft, nutz und ehr außgeb

Und allen uberfluß vermeid,

Ihn als ein uberbein abschneid,

Auff das darauß kein unrat wachs,

Wünscht euch zu guter nacht Hans Sachs.